AF329243

ÉPITRE

A
UNE DAME DE VALOGNE.

Que votre ville est ridicule !
Madame : J'en rougis pour vous :
Du grand jour répandu sur nous
Vous n'avez pas le crépuscule.
La foible clarté qui vous luit,
Eclaire à peine la cellule
Où, se glissant à petit bruit,
L'ennui vous tient sous sa férule.
Vos Marquis que le plaisir fuit,
Sont des spectres errans la nuit
Dans les vieux hôtels du scrupule ;
Mais bien soumis, à ce qu'on dit,
A l'aiguille de la pendule.

De la métropole des Ris,
Du léger & brillant *Paris*,
Valogne offre les antipodes,
Et vos mœurs plus que vos habits

A

Sont le contraste de nos modes.
  Chez vous de la religion
On observe encor les préceptes,
Et la sage indévotion,
Que dogmatisent nos adeptes,
N'y seroit qu'une illusion.
Nos modernes évangélistes,
Patriotes & moralistes,
Trompettes de la vérité,
Sans préjugés, & sans foiblesses,
Riroient bien de vos petitesses
Et de votre simplicité.
Ils lanceroient des traits d'*Hercule*
Sur la troupe inepte & crédule,
Qui marche en toute humilité,
Où l'entraîne l'autorité,
Ils vous diroient : le peuple adore
Des fantômes que l'on colore
Pour cacher leur caducité ;
On l'entretient dans ces chimeres
Par des visions, des mysteres,
Qu'il croit avec docilité.
Brisons enfin sa double chaîne,
Abrogeons le culte & la foi ;
La nature à la race humaine
N'a jamais dicté qu'une loi,
dont la puissance souveraine

Commande au berger comme au roi,
  Dans la meilleure compagnie
Voilà l'oracle du génie,
Qui, tel qu'un aigle audacieux
Planant au deſſus du tonnerre,
Daigne un inſtant baiſſer les yeux
Sur les inſectes de la terre.

  Ainſi, s'élançant vers les cieux,
Le pur eſprit philoſophique
Juge les hommes & les dieux ;
Bannit le ſommeil léthargique,
Où ce petit globe eſt plongé,
Et d'un bras qu'arme la critique,
Va du ſervile préjugé
Pulvériſer l'idole antique.

  Pour vous, gens ſoumis & pieux,
Liés au fond de la province,
Qui bornez vos ſoins & vos vœux
A votre culte, à votre prince,
Vous voyez d'un œil irrité
Ces philoſophes qu'on révere
Comme amis de l'humanité ;
Et vous criez d'un ton ſévére,
Que leur renommée éphémere
Sert à maſquer leur nullité,
Et leur doctrine menſongere
A troubler la ſociété.

A ij

[4]

Continuez, je vous admire,
Bons aveugles ! un impofteur
Vous promettra de vous conduire
Au fanctuaire du bonheur;
Que vous verrez tomber en poudre
Au moindre fouffle du zéphir:
Le laurier ne craint pas la foudre;
Un vermiffeau le fait périr.

C'eft ainfi que le tems travaille
A fapper l'œuvre des humains;
Il a miné cette muraille,
Cet amphithéatre, ces bains,
Qui, felon vos grands écrivains,
Décoroient un champ de bataille
Du premier tyran des *Romains*.

Oui, *Valogne* eft un antiquaille,
Tout le monde en fera d'accord;
J'y vis à mon premier abord
De jeunes filles point mafquées,
Objets de feux purs & conftans,
Tels qu'ils étoient au bon vieux tems,
Des vertus point fophiftiquées,
Des femmes fidelles, calquées
Sur le vieux modele oublié
De l'époufe du preux Ulyffe;
Et je fus très édifié
De voir fous leur grave police

[5]

Des maris doux, discrets, flatteurs;
Très - dignes de leur rendre hommage,
Et qui possedent sans partage,
Et leurs secrets & leurs faveurs.

Vos jeunes gens sans élégance,
Et pleins d'une ignoble santé,
Ne respirent que la gaîté,
La candeur & la bienséance;
Ennemis de tous les excès,
N'affichant point de faux succès,
Ce font des vieillards en prudence;
Mais qui les prendra pour François ?

Ici de bonne heure on épuise
Tous les plaisirs & tous les arts;
On vit rapidement; on brise
Les entraves des vains égards:
Fuir l'excès passe pour sottise,
Et souvent la mort par méprise
Frappe de précoces vieillards.

Telle on voit la fleur printaniére
Briller avec l'astre du jour,
Et quand il a fini son tour,
Se faner, tomber en poussiere,
Et disparoître sans retour.
Je révere fort vos pucelles;
Mais n'ai-je pas vu que ces belles,
A l'air naïf, gauche, étonné,

A iij

Dans l'entretien le moins gêné
Gardent le ton le plus augufte,
Et n'ont pas la pudeur robufte
De la pucelle de *Ferney ?*

Dans l'art divin de la toilette,
Dont nous fommes les feuls docteurs,
Elles ne font qu'à la bavette.
Toutes nos femmes font des fleurs
Qu'émaillent de vives couleurs;
Par les variétés charmantes
De la cérufe & du carmin,
Le fouci, les lys du matin
Le foir font rofes, amaranthes.
Cachant un fein bien arrondi,
Chez vous la blanche refte blanche,
Et le vifage du dimanche
Eft encor celui du lundi.

A la féduifante parure,
Fruit de tant d'adreffe & de foins,
A cette agréable impofture
Qui fait tromper l'œil des témoins,
Aux Sultans, dont le bel ufage
Fait fouffrir l'incommodité,
Vous fubftituez à tout âge
La décence & la propreté.
La pudeur ferme votre chambre,
Azyle en tout tems refpecté;

Vous n'avez ni boudoirs à l'ambre,
Ni lambris, ni plafond voûté,
Où brillent de la volupté
Les plus attrayantes images,
Qui pour cette divinité
Des sens exigent les hommages ;
Toujours dévotes & sauvages,
De l'attrait puissant du desir
Vous redoutez la douce atteinte,
Et le calice du plaisir
Vous paroît mêlangé d'absynthe.

De votre cité par ce trait
Nous pouvons deviner l'histoire :
Depuis Madame *Turcaret*,
De grosse & galante mémoire,
Jamais on n'y retrouvera
De paysanes parvenues,
De grisettes entretenues,
Ni de chanteuses d'Opéra.

Dans cette ville *platonique*,
Suivant l'avis du Génevois,
Le théâtre est resté sans voix :
Pas le moindre opéra-comique
Pour allumer les passions ;
Point de syrene qui vous pique
Des plus vives émotions.

Mais l'honnête homme peut-il vivre

Sans une petite maiſon?
Ce réduit heureux le délivre
Des froids prôneurs de la raiſon,
Des créanciers, des paraſites,
Des auteurs, des triſtes viſites,
Des grands ſoupés de la ſaiſon ;
Et le plaiſir doux & facile,
Loin de ce cortége ennuyeux,
Vole, & ſe rend dans cet aſyle
Qui devient l'olympe des dieux.
   Votre émule, au moins votre égale,
Caën, plus près de la capitale,
En a mieux ſaiſi les bons airs.
On y voit prudes & coquettes,
Dont les regards & les travers
Mettent les cerveaux à l'envers.
On ſoupire encore en lunettes ;
Les papillons blancs, bleus ou verds,
Y font préférer leurs fleurettes
A des vœux tendrement offerts.
On a les vices d'étiquette ;
On court ſpectacles, bals, concerts ;
On médit ; on ſait l'ariette ;
On veille ; on fait des méchans vers ;
On fête des fripons aimables,
Bien muſqués & bien redoutables
Au beau ſexe, aux poltrons, aux ſots,

Qu'ils accablent de leurs bons mots.

Dans vos cercles le militaire
Dit qu'il croit à votre air auſtere,
Être aux grands jours de *Dagobert*,
Ou voir *Berthe* en ſa cour pléniere
Juger le chevalier *Robert*.

Contre ce fade perſifflage
J'ai toujours pris votre parti;
J'ai défendu votre apanage,
Le bon beurre, le beau langage,
L'abondant, l'excellent rôti;
Mais ſur des points de conſéquence
Je me vois réduit au ſilence.

Valogne eſt au ſiecle d'airain ;
Les beaux arts y ſont dans l'enfance:
Jamais *Vanlo*, *Vernet*, *Chardin*,
Souflot, *Couſtou*, *Pigal*, *Cochin*,
L'ornement, l'honneur de la *France*,
Et la honte de ſes rivaux,
N'y firent briller leurs travaux.
On n'y connoît de poéſie
Que les ſatyres de *Boileau*,
Les odes ſaintes de *Rouſſeau*,
Des vers d'*Eſther* & d'*Athalie*.

Mais de *Dorat*, de *Voiſenon*,
Nous voyons la muſe légere
Se placer au ſacré vallon

Auprès du trône de *Voltaire*,
Où jadis siégeoit *Apollon*,
Ayant pour chancelier *Homere*,

Comme un volcan, qui dans les airs,
Hors de ses gouffres entr'ouverts
Vomit ses brûlantes entrailles,
Aux mortels éblouis d'éclairs
Semble annoncer leurs funérailles,
Avec celles de l'Univers :
Tel *d'Arnaud* consterne nos ames
Par la sombre horreur de ses drames
Que traça le plus noir crayon.

Nous connoissons la touche fiere,
Les gros traits, la dure maniere,
Et la nerveuse expression,
Du poëte en convulsion,
Dont la lyre autrefois cinique
Défioit celle de *Piron*,
Et maintenant offre un cantique
Au fameux diacre son patron.

Vos menuets, vos contredanses
Ne blessent point les bienséances ;
Ce sont des danses d'écolier ;
Mais vous ignorez qu'à *Cythere*,
Nos *Marcel* & nos *Javillier*,
Aux petits Amours, à leur mere,
A tous leurs jeunes courtisans,

Font fautiller des allemandes ,
Où , fous la forme de guirlandes ,
Les mains volages des amants ,
Par des mains encor plus légeres ,
Prifes , reprifes tour à tour ,
Portent des chaînes paffageres ,
Les feuls liens de ce féjour.
Sur ce modele mille Graces ,
Tendres éleves de *Cypris* ,
Et marchant toutes fur fes traces ,
Font les délices de *Paris.*

Dans vos concerts foporifiques ,
Une voix qui fort d'un tonneau ,
Fredonne les accords *gothiques*
De *Mondonville* & de *Rameau.*
Mais de ce chantre d'*Aufonie* ,
De ce *Pergolefe* divin ,
Vafte & délicieux génie ,
Le créateur de l'harmonie ,
On vous entretiendroit en vain.
Vous dédaignez auffi fans doute
Monfigny , *Gretry* , *Philidor* ,
Qui , pinçant une harpe d'or ,
Se font une nouvelle route
A travers des fons épuifés ,
Et dont l'Europe entiere goûte
Les airs *italianifés.*

Cependant hélas ! dans la fphere
Des gofiers à prétention,
Nous chantons fans précifion ;
Il faut une bouche étrangere
Pour exprimer la paffion :
Du chant qui dans les airs s'élance,
Qui mollement tombe en cadence,
Des fons foutenus & filés,
Les muficiens mutilés
Ont feuls gradué la nuance.

Vos *Hypocrates Neuftriens*,
Concentrés dans la bourgeoifie,
Guériffent les maux plébéiens,
Fievre, milliere, pleuréfie.
Mais ici nos légers docteurs
Exercent leur art fur les ames,
En traitant les nobles vapeurs
De nos robins & de nos femmes.
Ils réuffiffent par hafard,
Lorfqu'ils plaifent à leurs malades
Par quelques fragmens des parades
Et des propos du boulevard.

Vous feule à *Valogne* peut-être,
Sachant difcerner le vrai beau,
Du goût rallumez le flambeau,
Que le vent de ce lieu champêtre
Souffle & fouvent fait difparoître.

Mais vous croyez qu'il eſt permis
D'aimer à ſervir ſes amis :
C'eſt négliger les convenances ;
Il faut avoir des connoiſſances,
Avec les grands être lié ;
Mais c'eſt l'erreur la moins ſuivie
Que de ſacrifier ſa vie
Aux triſtes ſoins de l'amitié.
Vivez dans un doux égoïſme,
Qui vous conduiſe au pirrhoniſme
Sur la tendreſſe & la candeur,
Et préférez pour votre uſage
Au vieux ami, l'amant volage,
Le bon eſtomac au bon cœur.
Mettez-vous auſſi dans la tête,
Qu'avoir des mœurs, une ame honnête,
Eſt un langage du bon ton ;
Mais qu'il ſe contente du nom.

On vous connoît pour tendre épouſe,
Bonne mere encor, je le crois ;
Mais quelle ame en ſera jalouſe ?
Ces noms ruſtiques & *Gaulois*
Ne conviennent qu'aux *nobles dames*
Qui portoient le *vertugadin* ,
Ou qu'aux très-vénérables femmes
Des fiers *barons du Cotentin.*
Penſez donc que l'inquiétude

Pour un mari long-tems abſent ,
Eſt une mauvaiſe habitude
Qui vous donne un ton peu décent :
Quand le deſtin vous le renvoie ,
Pourquoi cette naïve joie
Qui vient ſe peindre ſur vos traits ?
Pourquoi ces larmes de tendreſſe ?
Vous courez : qu'eſt-ce qui vous preſſe ?
Un époux eſt toujours trop près.

    Mais quel eſt ce nouveau ſpectacle ?
Un de vos enfans eſt guerrier ;
L'allarme ſonne : point d'obſtacle ,
Il va moiſſonner le laurier.
Le jour du départ , quel orage !
La tendre mere eſt aux abois ;
Les pleurs inondent ſon viſage :
Enfin rappellant ſon courage
Qui ſe dément plus d'une fois ,
Va , dit-elle, où l'honneur t'engage ,
Va ſervir le meilleur des Rois ,
Cher enfant ; ta mere n'aſpire.....
A ces mots ſon cœur ſe déchire ,
Les ſanglots étouffent ſa voix.
C'eſt la mere de *Télémaque*
Qui le confie au bon *Mentor* ;
Et ce fut ainſi qu'*Andromaque*
Fit ſes adieux au brave *Hector*.

Quand je vous contemple entourée
Du grand cercle de vos enfans,
Lorfque de plaifir enivrée
Je vous vois fourire aux plus grands,
Des petits raffembler la troupe,
Les baifer, partager leurs jeux,
Tandis que ce folâtre groupe
Lit fon bonheur dans vos beaux yeux ;
Croyant être dans la chaumiere
D'une bonne & fimple fermiere,
Voir le fentiment s'exhaler,
La nature même parler,
Je dis, c'eft un tableau grotefque
Qu'à peine *Greuze* faifiroit,
Et dont le coup-d'œil pittorefque
Sous fon pinceau s'annobliroit.

La mode, notre fouveraine,
Vous appelle dans fon domaine ;
Apportez lui votre tribut :
Pour toute bonne citoyenne,
Hors de Paris point de falut.
Venez fur les bords de la Seine,
Abandonnez votre maifon,
Et laiffez dans cet hermitage
Vos vertus & votre raifon,
Incommode & pefant bagage,

Dont le fexe en nulle faifon
Ne connoît point ici l'ufage ;
Et ne mettez dans vos paquets
Que votre efprit & vos attraits.

On ne vit qu'à Paris, & l'on végéte ailleurs.

Gresset, comédie du *Méchant.*

Par M. D.

FIN